19602

e

ALFRED-LE-GRAND

AU CAMP DES DANOIS.

Lith. de Berdalle. Rouen.

Conduit aux généraux, il charma leurs oreilles
Et n'excita point leurs soupçons :
Au milieu des soldats il faisait des merveilles,
Tandis qu'ils écoutaient ses harmonieux sons,

J.-C. DEFOSSE

ILLUSTRATION

DU VERTUEUX

ALFRED-LE-GRAND,

ROI D'ANGLETERRE.

POËME

PAR

J.-C. DEFOSSE,

DU GRAND-QUEVILLY.

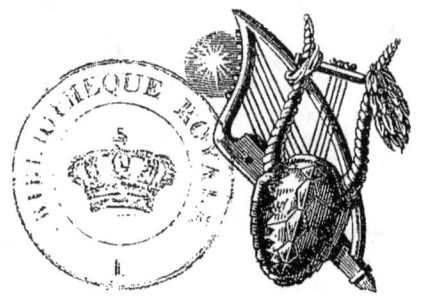

ROUEN,

F. BAUDRY, IMPRIMEUR DU ROI,

RUE DES CARMES, Nº 20.

M. DCCC. XXXVII.

PRÉFACE.

≈

Quand, dans leurs écrits, tant d'historiens ont parlé d'Alfred-le-Grand, que peut-il en rester à dire qui soit digne de l'attention publique? rien, sans doute; mais on peut admirer ses hauts-faits et chanter sa gloire : c'est ce que je me suis proposé dans mon poème en son honneur.

Les renseignemens nécessaires pour ce poème sont extraits : 1° de l'*Histoire de la Grande-Bretagne*, par M. le docteur Chambeyron, qui tira son exposé du règne d'Alfred de la *Biographie universelle*; du *Tableau des révolutions de l'Europe*, par Koch; de *l'Europe au moyen-âge*, par Hallam, etc.; et 2° de l'*Histoire des Anglo-Saxons*, par sir Francis Palgrave; traduite de l'anglais par M. Alexandre Licquet.

Dois-je penser que le public regardera mon œuvre avec indifférence, parce qu'elle est basée sur l'Histoire et que le sujet doit en être connu?... oh! non; je serais téméraire en pensant ainsi. On ne saurait trop faire ressortir les hauts-faits d'un Monarque dont les nobles vertus sont admirées par la postérité.

Pour pouvoir apprécier convenablement tout le mérite d'Alfred-le-Grand, il est nécessaire de se reporter à l'époque de son règne. Il fut couronné en 871, et l'an 900 ou 901 (les historiens ne sont pas d'accord sur l'époque de sa mort) vit finir son règne. On doit considérer que la civilisation et les connaissances scientifiques n'étaient rien, comparativement à ce qu'elles sont aujourd'hui. C'est au milieu de cette espèce de chaos qu'Alfred s'est distingué d'une manière fort remarquable, ce qui fait que son nom passe d'âge en âge à la postérité. Il est authentiquement reconnu qu'il fut l'homme le plus éclairé de sa nation et de son siècle.

Je m'empresse de reproduire ici le jugement que Voltaire a porté sur cet illustre prince ; il s'exprime ainsi :

« Je ne sais s'il y a jamais eu sur la terre un homme plus digne
» des respects de la postérité qu'Alfred-le-Grand... L'Histoire,
» qui d'ailleurs ne lui reproche ni défaut ni faiblesse, le met au
» premier rang des héros utiles au genre humain, qui, sans ces
» hommes extraordinaires, eût toujours été semblable aux bêtes
» farouches. »

Il y a quelques mois, j'ai offert un manuscrit de ce poème à la Société libre d'Émulation de Rouen ; cette société a bien voulu me faire l'honneur de le recevoir, je l'en remercie beaucoup : elle a nommé un de ses membres pour en faire l'examen et ensuite le rapport. Mais je dois faire observer ici que cet ouvrage a subi divers changements. Plusieurs de mes amis m'ayant engagé à le faire imprimer, j'ai cru devoir céder à leurs invitations réitérées. J'ai remis les yeux sur mon œuvre, j'y ai fait quelques rectifications et ajouté plusieurs vers dans certains endroits.

Je préviens mes Lecteurs que je ne me suis attaché qu'aux principaux passages de l'histoire du grand héros, *Napoléon* de son tems, et que, conséquemment, je ne mets sous leurs yeux que les faits les plus remarquables de sa valeur.

Croyant m'être expliqué avec une précision rigoureuse, afin de ne laisser aucune prise à la critique, je serai assez heureux si, après lecture faite de mon poème, je suis regardé comme fidèle écho de la précieuse histoire du grand guerrier.

(Novembre 1837.)   J.-C. DEFOSSE.

ILLUSTRATION

DU VERTUEUX

ALFRED-LE-GRAND,

ROI D'ANGLETERRE.

Poëme.

D'ALFRED, fils d'Ethelwulf, Muse, chantez la gloire :
Rappelez dans vos chants ses combats, sa grandeur ;
D'un illustre guerrier, d'un fils de la Victoire,
Dites-nous les vertus, les bienfaits, la valeur.

Alfred, à vingt-trois ans, possédant la couronne,
    Eut à combattre les Danois...
    A ses serviteurs il ordonne.

Voulant se signaler par de nobles exploits,

Il marcha d'un pas ferme, ainsi que son armée,

Contre ses nombreux ennemis ;

Il revint en vainqueur... A lui la renommée !...

Du plus noble succès ses combats sont suivis.

Sous son frère Ethelred, déjà plein de courage,

Il a plus d'une fois déployé sa valeur,

En habile guerrier, dédaignant l'esclavage.

En sortant de la lutte, il sortait en vainqueur.

Après des victoires sans nombre,

Le héros, malheureux, abandonné des siens,

Comme un proscrit, a disparu dans l'ombre,

Pour les sauver un jour, par de simples moyens.

Dans une retraite ignorée,

D'un pâtre il fut le serviteur.

Au rêve d'un beau jour son âme était livrée ;

Il attendait le signal du bonheur.

Là, dans une douce espérance

Le royal fugitif était depuis six mois.

Le comte de Devon, ayant sa confiance,

Le prévint, en parlant des sauvages Danois,

Qu'ils se verraient bientôt menacés d'une attaque,

Et qu'en eux la discorde augmentait chaque jour...

Sans qu'on puisse sur lui faire aucune remarque,

Il le priait de quitter son séjour.

Du royal fugitif que l'action est belle !

Pour sauver ses sujets il se fit serviteur.

Devant lui vint sourire une gloire nouvelle,

Et contre ses rivaux il redoubla d'ardeur.

Alors, chez les Danois, il voulait s'introduire,

Pour apprendre à les vaincre... Il quitte son réduit.

A visiter leur camp le grand génie aspire;

Son ange protecteur est là, qui le conduit...

Bref, pour y pénétrer, connaissant la musique,

En berger troubadour, une harpe à la main,

Il joua son rôle comique,

Sans être redouté de personne en chemin.

Conduit aux généraux, il charma leurs oreilles,

Et n'excita point leurs soupçons :

Au milieu des soldats il faisait des merveilles,

Tandis qu'ils écoutaient ses harmonieux sons.

Admis auprès des chefs, il écoute, examine,

Entend tous leurs projets, voit leur position,

Puis il sort de leur camp, plein du feu qui l'anime,

Et s'arme avec ardeur pour leur destruction.

D'accord avec Devon, ayant même courage,

Alfred retourne au camp répandre la terreur...

Le farouche ennemi dans son sang est en nage!...

Les héros ont gagné la palme du vainqueur.

De son roi l'Angleterre apprenant la victoire,

Se ranime à l'instant, semble ressusciter ;

De nouveaux bataillons, épris de cette gloire,

Vont joindre les héros, veulent les imiter.

  Bientôt à la royale armée

Viennent se rallier des bataillons danois.

Le roi les voit soumis, son âme en est charmée ;

  Il les conduit avec de justes lois.

Au camp victorieux, un prince vint lui-même

  Très-humblement supplier le vainqueur,

Pour obtenir la grâce du baptême,

Et d'être son filleul lui demander l'honneur.

De l'Est-Anglie et de la Northumbrie

Le héros le momma le feudataire roi,

Du souverain anglais sous la suprématie.....

Alfred chez les seigneurs a fait naître l'émoi.

— Ils redoutaient tous sa présence,

Son active intrépidité...

Il les gagna par sa munificence,

Objet respectueux de sa célébrité.

De Barbares, soudain une nombreuse armée

Menaçait Rochester des plus terribles maux,

Alfred l'a bientôt repoussée.

Les Barbares ont fui, chassés sur leurs vaisseaux.

Londres, par eux encore occupée, asservie,

Rampait sous leurs barbares lois;

Le guerrier, l'assiégeant, la prend, la fortifie;

Ses nombreux ennemis se trouvent aux abois.

Londres ne les craint plus. Alfred construit, équipe,

Arme une flotte et fait voile sur eux :

Il soumet leur armée, il la prend, la dissipe,

Et sur ses *longs vaisseaux* revient victorieux [1].

Oh! que du grand héros la valeur militaire

Epouvanta de fois ses farouches rivaux!...

Que de fois il chassa l'ennemi de sa terre,

Pour rendre ses sujets heureux et libéraux!

Tranquille désormais, le roi dans son royaume

Fit tout pour assurer le repos et la paix ;

Il avait pris pour axiôme

Qu'en pleine liberté devait vivre l'Anglais.

Après tant de combats, après tant de vaillance,

De son noble pays travaillant au bonheur,

Alfred a protégé les arts et la science ;

Il voulut que son peuple en fut cultivateur.

Oh! que son existence était digne d'envie!

[1] *Longs vaisseaux.* Les chroniques les désignent ainsi. Leur dénomina-
tion est latine, et Alfred peut avoir emprunté des Romains le modèle aussi bien
que le nom de ces vaisseaux. (Note de l'*Histoire des Anglo-Saxons.*)

Il appela près de lui des savants,

Il encouragea l'industrie.

Wulstan, Audher, navigateurs normands,

L'un né dans le Jutland, l'autre dans la Norwége [1],

Firent quelques excursions.

Ils servaient comme on sert un roi qui vous protège;

Ils allaient découvrir des populations.....

Sur leurs frêles vaisseaux, en élevant la tête,

Ces illustres explorateurs

Voguaient au sein de la tempête,

Comme d'intrépides rameurs.

Français! veuillez ici faire cette remarque :

Les écoles et les couvents

Se trouvaient renversés par les mains des Normands!...

Mais tout fut rétabli par le puissant monarque.

De l'université d'Oxford

Alfred fut fondateur, dit-on, sans certitude.

---

[1] La Norwége septentrionale.

Le clergé se rangea sous la loi du plus fort ;

Plein d'ardeur, on le vit se livrer à l'étude,

Pour plaire au noble roi, souverain glorieux

Qui ne pouvait souffrir une lourde ignorance.

Cette émulation eut un succès heureux,

Et tout fut couronné de gloire et d'espérance.

Que ce grand conquérant savait bien gouverner !

Sans être despotique, étant souverain maître [1],

Il savait rendre heureux celui qui voulait l'être.

Un valeureux héros doit vaincre et pardonner.

       — Pendant tout le cours de sa vie,

       Même dans le sein du tourment,

Sa consolation était la poésie ;

    Il en faisait son noble amusement.

Adolescent encor, son oreille attentive

[1] Se reportant à l'époque du règne d'Alfred, et admettant que son grand amour pour l'ordre et la justice l'ait porté à commettre quelqu'action à tort envers qui que ce soit, on reconnaîtra, sans doute, qu'il doit être encore mis au-dessus des meilleurs monarques que l'on puisse citer, quel que soit le siècle et la nation.

Écoutait, jours et nuits, réciter de beaux vers.
Le chant anglo-saxon rendait son âme active,
Et faisait naître en lui mille charmes divers.

      Sous les ordres du pape, à Rome [1],
    Il commença son éducation.
Ce ministre a toujours estimé le grand homme,
C'est lui qui le marqua de la sainte onction.

      D'Alfred peu dura l'existence,
    Si l'on en calcule le tems ;
Mais elle fut encore assez longue, je pense,
Pour sa louable gloire. Offrons-lui notre encens.
      Disons, comme l'a dit Voltaire,
En parlant du héros que ma muse a chanté :
    Fut-il jamais un homme sur la terre,
Plus digne des respects de la postérité ?...
Monarque vertueux, craignant peu la tempête,
Il fit de ses sujets de fidèles soldats ;
Aux champs de la victoire, en marchant à leur tête

---

[1] Alfred a reçu sa première éducation sous la tutelle du pape Léon IV.

Pour défendre son trône, il a guidé leurs pas.

O! combien de héros, en lisant son histoire,

Examinant son règne et tous ceux d'aujourd'hui,

Doivent être jaloux de la sublime gloire

Qui couronna son front quand son étoile a lui !!!

Honneur et noble gloire à l'immortel Génie,

Au roi qui de son peuple était le bon pasteur!

Ce guerrier valeureux, dans le cours de sa vie,

De l'art de gouverner atteignit la hauteur;

Il semblait ajouter, par sa valeur guerrière,

Une nouvelle flamme aux rayons du soleil ;

A tous ses ennemis sa voix criait : arrière !...

Ses serviteurs suivaient son suprême conseil.

Oh! si vous en avez la précieuse image,

Anglais! conservez-la pour la postérité.

      Par ses vertus et son courage,

Un guerrier tel que lui l'a cent fois mérité.

Son nom, tout immortel, vaut bien qu'on le bénisse !...

Du Dieu de l'univers qui fait régner les rois

Et qui répand sur eux sa divine justice,

Admirons la grandeur et les suprêmes lois !

Que du soleil couchant au lever de l'aurore,

Bravant la raillerie et la profonde erreur,

Tout proclame sa gloire et la proclame encore,

Comme du grand guerrier j'ai chanté la grandeur !

D'un bout du monde à l'autre, aux champs de la victoire,

C'est ce Dieu qui conduit les pas de nos héros ;

Il prépare pour eux le chemin de la gloire :

Ses fidèles sujets marchent sous ses drapeaux,

Et, devant l'ennemi, levant leur tête altière,

Ils imposent silence aux plus grands factieux ;

Tout le peuple, étonné, du sein de la poussière

Voit le drapeau vainqueur, s'y rend pour être heureux !

Oui, nos grands conquérants des empires du monde

Élevaient leurs regards vers les palais divins,

Et du céleste roi la puissance féconde

Faisait marquer leur gloire au livre des destins !

Ainsi, le Grand Alfred a senti dans son âme

Le feu qui le portait à marcher aux combats ;

Il a pris son essor, et, comme un trait de flamme,

    De Mars il a suivi les pas!

Que son illustre nom, tout rayonnant de gloire,

    Soit de siècle en siècle porté!

    Et que sa précieuse histoire

Soit transmise aux regards de la postérité!

Savants, applaudissez au courage héroïque,

Reconnaissez d'un roi les plus nobles vertus,

    Sans oublier celle scientifique,

Et vous lui donnerez quelques bravos de plus.

    Eh! vous, noble et riche Angleterre?

    D'Alfred-le-Grand, votre fameux guerrier,

Célébrez la grandeur sur votre illustre terre!

Que votre main lui donne un immortel laurier!

www.ingramcontent.com/pod-product-compliance
Lightning Source LLC
Chambersburg PA
CBHW061526170626
46811CB00004B/1858